一瓶光明

马旋歌 ◎ 著

国际文化出版公司

· 北京 ·

图书在版编目（CIP）数据

一瓶光明／马旋歌著. —北京：国际文化出版公司，2021.8

ISBN 978-7-5125-1347-1

I. ①一… II. ①马… III. ①随笔－作品集－中国－当代 IV. ① I267.1

中国版本图书馆 CIP 数据核字（2021）第 164721 号

一 瓶 光 明

作　　者	马旋歌
责任编辑	侯娟雅
绘　　画	马旋歌
封面设计	丁佳毅
出版发行	国际文化出版公司
经　　销	全国新华书店
印　　刷	天津中印联印务有限公司
开　　本	880 毫米 ×1230 毫米　　32 开
	6 印张　　100 千字
版　　次	2021 年 8 月第 1 版
	2021 年 8 月第 1 次印刷
书　　号	ISBN 978-7-5125-1347-1
定　　价	49.00 元

国际文化出版公司

北京朝阳区东土城路乙 9 号　　　　邮编：100013

总编室：（010）64271551　　　　　传真：（010）64271578

销售热线：（010）64271187

传真：（010）64271187-800

E-mail：icpc@95777.sina.net

当我试图走进那面封皮上的印花时

欲先撬开符号的嘴巴

聚散无常的黑点

肌肉细胞的云

还有那中间一颗小小的核仁

向前 / 向后……

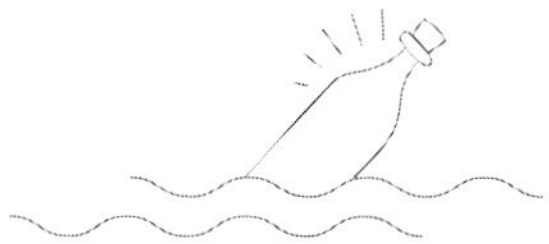

我轻装上阵，寻找新的驿站

▽

目录

青春 / 之青

你存在即滚烫

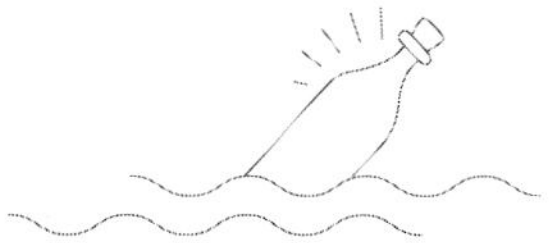

有时候，我真的想闯出去

▶▷▶▷▶

我知道接受孤独是一件多么难的事

但是我必须知道，你也必须知道

有的时候我们必须站起来，直面孤独

▶▷▶▷▶

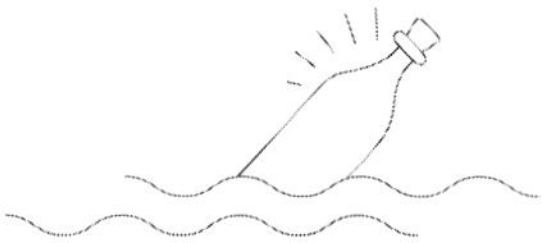

即便一切荒凉成灾

我还是得唱

▶▷▶▷▶

你存在即滚烫

所以在我眼中

你与我同龄

▶▷▶▷▶

我也知道

我终将走出这里

……

▶▷▶▷▶

清醒梦

（一）

"上跑道。"

最惊悚的三个字让我心头的兔子瞬间患了狂犬病，双腿像两根软面条，不停发抖。周围的同学都慢慢站上跑道，我也倒吸一口凉气走上去了。闭上眼，呼吸反倒越来越急促，昨天上网查的解决办法，什么来着，幻想自己在横渡沙漠、漫无边际的沙漠。

"预备……跑！"

兔子像火箭一样穿破了心脏，于是我的双脚不听使唤地倒腾起来，大脑一片空白，我是迁徙的角马之一。

并道之后，开始的冲刺差不多结束了。我努力把教学楼和足球场想成仙人掌和沙子。在我大脑的努力工作下，它们渐渐变矮，缩小成迷你版的教学楼并长出尖刺，变得发绿发黄；足球场汩汩漫上来夹带着沙子的泉水，几秒钟之间沙子就淹没了草地。我在无边无际的沙漠中奔跑着，嗓子干疼，脚下却是硬实的，越跑，感觉一切越发慢了下来，难受的感觉越来越强烈，跑了一圈半，双腿越发酸软无力了，呼吸越来越困难，两眼周围开始发昏，我看到目的地就在前面，两只胳膊的肌肉开始紧紧揪着手腕，十个指头不自觉地攥在一起，快到了，我大口呼气，试图冲刺。

双脚迈过线的时候，我瘫倒在球场上，沙子消失了，仙人掌变回了教学楼。

终于又渡了一次劫难。

距离中考只有两个月了。下了物理提高班的课，我背着沉重的书包走出教学楼，学校里的路灯已经亮起来，但光黄得发暗，周围还是灰沉沉的。一偏头，刘老师从我旁边走过去，他停下来，我就跟他打了个招呼："老师，我先走了，老师再见。"

他把我叫住了："你今天怎么这么开心？"

我疑惑地看着他："没有，为什么这么说？"

他迈开步子往前走了，回头看看我："因为今天晚上的月亮是红色的。"

我抬起头，风吹过来有些凉飕飕的，看到一轮洁白的弯月牙，还有飞过头顶要回家的小喜鹊。我转头看刘老师，发现他已经走了。

陆陆续续地，下课的同学都回家了。我也沿着砖头路走，一抬头，发现前面矮矮的一个小孩在路边站着。仔细一看，竟然是我家楼下的胖弟弟。胖弟弟站在路灯底下，目不转睛地看着艺术楼，影子打在地上，跟着他的小手来回动。

我叫住他："胖弟弟，快回家，妈妈该担心了！"

胖弟弟鼓着腮帮子，有点大舌头地问："那间教室干吗呢？"

艺术楼的合唱教室还亮着灯，灯光亮得有些突兀。虽然很远，但能隐约听到那里传来断断续续的钢琴声和歌声。我说："哥哥姐姐们在练声，不要去打扰他们。"

胖弟弟答应一嗓子。

我看看他，发现他一溜烟跑走了。

周围没有一把长椅，我的背深深纵着，好像背了一大捆浸了水的盐袋。它越来越沉了，我双膝着地跪坐下来，用四肢开始爬行。爬到校门口，书包已经沉到难以移动的地步。我努力抬起头，盐袋就更沉一点，压得我像肺里堵了石头，心脏咚咚敲着胸壁。我动弹不得了，想努力抬起一根小指头，但是费九牛二虎之力也动不了一下。所幸，我静静趴着，等待死亡的来临。

突然一瞬间，盐袋消失了，肌肉一阵轻松，气道豁然开朗。

一睁眼，我歪倒在卧室里。六点补完了作业想打个十分钟的小盹，没想到做了这么长的梦，糟糕了，又要迟到了。我手忙脚

乱地穿校服，跑到门口，穿了一半运动鞋拽上书包就往外跑。等

着电梯的工夫，低头看看时间。

　　咦，才六点零三分。

（二）

我经常在咖啡店自习，把手机放在一边，做题累了就进书店里看二十分钟书。

这天休息的时候，我从架子上抽下来一本书——《无论如何都想告诉你的时间杂学》，翻了几页，看到了"黄粱一梦"的故事：

中国古代有个书生叫卢生。卢生在邯郸的一家旅店住宿。有天他在店家遇上了一个道士，道士送给他了一个枕头，这时店主开始做黄粱饭，卢生就枕着枕头打瞌睡。枕头上有个小洞，他昏昏沉沉，小洞越来越大，最后他掉进了洞里。掉进洞里以后，他的生活继续了下去。他中了进士做了宰相，娶了大家闺秀，儿孙满堂，生活美满。突然，他醒来了，发现这只是一场梦，而店家的黄粱饭还没有做熟。

读完故事，我回到咖啡厅要了一杯"醒客咖啡"。抿了一口，发现并不是咖啡单纯的苦香味，简直比美式苦得还绝。摸摸瘪了的钱包，我不忍心浪费刚点的饮品，就索性一边刷题一边喝了。

握着手里的咖啡，听着店里放 Canon in D（D 大调卡农）发出的 α 波还有掺杂在音乐里窗外的喧嚣声，看着眼前在杯子里打转的咖啡还有化学练习册上五颜六色的答案和批注，突然间我感觉很玄妙，有 一种不知是咖啡诱发的还是自发的摆荡感。

挤在书店的安静和外部纷乱的世界之间，我看着无数辆飞奔的轿车、卡车、摩托车错过抱着书静止的双脚，以及无数双脚在车辆的静止旁飞速倒退。充斥着察觉不到的分子运动，咖啡厅里，我喝着"醒客咖啡"，既想永远静止，又想飞驰而去。在重重的矛盾里与两个矛盾的世界一起错过千万双脚、车辆，包括对面这本练习册，还有这杯毫无意义的"醒客咖啡"。

想着，小脑告诉我倒下，咖啡因又说，快醒醒。

（三）

夏天转眼就要过去了。

最后一天军训的时候，教官破例带大家出去散步。走在公路的一边，旁边是清幽的针叶林。踏进树林，脚下的小树杈咯吱咯吱地响。绕了一大圈，回来的时候看见隔壁班在草地上准备烤山羊，他们邀请我们也坐下来分羊吃。

我们盘腿坐在草坪上，看着剃秃的山羊被从脖子一刀两断，不知道它有没有痛苦。

在烤架上，山羊被倒挂着，底下是燃烧的火堆。木屑变成星星点点的火光飞到空中，然后变成灰色的粉末飘落在脚边，乌烟一缕缕从火堆中间往上蹿，山羊肚子也着火了，火焰跳着舞，一会渐强，一会渐弱。山羊渐渐变成熟褐色，发出喷香带着微微烤焦的味道。看着灰尘归于脚下的落叶，看着山羊空洞、单调的眼睛，我不禁觉得它只是一堆无时不刻在重新排列组合的化学元素，它们聚合又分离，最终四散天涯，又和另一些元素重复同样事。

消失是必定的归宿，但又不是。

他双手抱胸站在讲台上，穿了朴素的蓝色运动鞋，照例戴着眼镜。

"你们学热力学第二定律了吗？"他问。

我们说没有。

他解释了两遍——"系统之间存在能量的交换。但是在任何能量交换的途中，都会产生不断递增的熵。最终，一切系统都将在产生废热的过程中归于沉寂。"

我目瞪口呆地看着他，好像看到他吐出的二氧化碳分子、吸入的氧气分子。

突然觉得耳鸣，好像有人正在说，这世界的主角并非是有手有脚的，它可能是来自黑洞的复眼云。

陈老师推了推眼镜，说今天的课就到这里。

（四）

电视太吵了，我不想在家待着。

一个人走到外面散步，走过废弃的小学教室，看见里面坐着一个年轻人。教室没有门，只有门框了。我走进去，看见桌椅歪七扭八地摆着，还有三四架坏了琴键的立式钢琴，破败不堪。我打量了一下年轻人，他留着一头长长的鬈发，加上瘦削的鼻骨和深陷的眼眶，看起来像个落魄的艺人。

走到那架淡粉色木制的迷你钢琴旁，看到 So 和 Ti 的琴键坏了，钢琴里面堆了几个饮料瓶，我尝试着用手弹奏，但琴键极其窄，难以弹出成型的乐句。年轻人看看我，我看看他。

"你是艺人吗？"

"不。"他弯腰抱起趴在毛边牛仔裤角的橘猫，用手不断抚摸猫的后背，橘猫从他的怀里挣脱出来，一个大跳飞跃到粉色的迷你钢琴旁边，"它是。"

一瓶光明

橘猫双手扒在琴键上，飞快地舞动，然后我听到了一首别具风韵的蓝调钢琴曲。

出来之后，我继续向北走。鼓楼大街附近有两条路，左边那条正冒着袅袅炊烟，红色的高墙底下是一格子一格子的小店，卖卤煮、米糕等小吃，醇香扑鼻。右侧是青石砖铺的路，路边有三轮车，车夫等着拉活，或是抽烟，或是蹲着、坐着休息。

我走了左边的路，看到一家煎饼店，好饿，要了不加薄脆的鸡蛋灌饼，油在铁板上发出嗞嗞的声音，然后是培根四边突然鼓起的小气泡，"啪"地破掉，白花花的鸡蛋磕在桌子边，金黄的蛋液摊成一个圆。

有人扯我的衣角，店长的小女儿递给我一个万花筒，说送给我了。

我接了过来，拉拉她的麻花辫，说："谢谢你呀。"

对着万花筒的小孔看过去，好像和小时候玩的万花筒没有区别，但好像又不太一样。里面有很多小雪人、小汽车、小松鼠的

图案，扭了下，变成了碎片，再扭一下，图案变幻着，成了俄罗斯套娃、魔法帽、卡通人物等，不断扭，它不断地变来变去，孔里的世界好像是无穷无尽的。

一只鸽子飞过来，落在我的手掌上，它扑腾着翅膀，我眼前一阵模糊。

我很害怕锋利的爪子和尖指甲，于是试图把它赶跑，一边挡住眼睛，一边扬起手臂。谁知鸽子的指甲攥住我的手心，越揪越紧，深深陷了进去。锋利的疼痛感刺着几束手心神经，直传到大脑。鸽子好像有魔力，把我定在原地了，手脚不听使唤，万花筒掉在地上，老板叫我说煎饼好了，我没法回头。

半空中突然下起大雪，鹅毛一般的大片雪花堆积在红墙的屋檐上，瞬间积了厚厚一层。

我从床上坐起来，动了动手和脚，然后看到手心上有几条深陷的甲痕。

（五）

大会马上就要开始。头顶的灯灭了，只有荧幕亮着，候选人A和B站在台上，对未来的发展方向发表着自己的见解。

他们穿着一样的黑色西服，头发都花白，眼睛里有从字母A排到Z的计划方案。

一偏头，和我同一排的人是刘老师、陈老师、年轻人和煎饼店店长的女儿。

两位候选人发言结束了，选择桌上的两个圆钮亮起了蓝色的荧光灯。我迟疑了一下，摁了按钮B——"哔"——按钮B由蓝色变成了红色，荧幕上候选人B的票数又增加了1。

又有陆续的"哔"声从会场各个角落传来，黑幽幽的会场由荧光蓝变成荧光红。

突然门开了，记录员从门口走进来。关上门的一瞬间，飞进来一只白蝴蝶。蝴蝶扇着翅膀在上空盘旋，然后轻盈地飞过前几

排，悄悄落在店长女儿头花的花瓣上，过了几秒，又扇着翅膀飞

向半空，低飞下来。店长女儿目不转睛地看着蝴蝶，伸出小手挥

舞着，蝴蝶则在她两只手间来回飞。白色的一点，往左，往右，

时钟滴滴答答地响着，分针、秒针和齿轮的运作声音清晰果断。

"还有最后十秒。"

"三！"

大会只剩最后一个人没有投票，是店长的女儿。

我盯着蝴蝶，看到它落在了按钮 A 上。

"二！"

我看到店长女儿用双手扣住了蝴蝶。

"哔……"

"一！"

"时间到！"

（六）

我睁开眼睛，沙发上的毯子已经乱作一团。

"昨天倒在沙发上睡着了，没叫你起来……吃早饭吧。"

我从沙发上坐起来。

"换届竞选到此结束，候选人 A 以一票之差赢得胜利，恭喜 A 光荣上任……"

我穿上拖鞋，听到电视传来这样的声音。

摄氏二度

入冬了。

我一个人在老地方坐下来，放下饭碗，打开手机，不知道该给文字命名为什么。当"储存空间已满"的字样映入眼前的时候，我先是觉得没什么不同，第无数次关闭了提示框，然后突然愣了一下，想着，这么久以来我储存了什么东西，这些东西竟然满得要溢出来了。

我已经独自度过了两天，对面坐了几个我认识的女生，结伴坐在一桌。我觉得很尬，便埋头一口口吞下无味的白米，想着前些日子在自习室碰到的同学也一个人默默嚼着清汤菜类，这时才觉得没那么糟糕。

半盘饭菜下肚的时候我突然不想吃了，主要已经凉了半截，我便把饭碗推到了一边。过道另一头的一群男生哄笑着站起来，其中一个坐在桌子上，大声呼喊着鼓掌喝彩，周围的人都偏过头看着他们，看了几眼后，便继续埋下头吃饭，不再理会。

我想起几年前的时候，和几个朋友坐在这个位置上玩一款线上恐怖游戏，大致内容就是第一视角人物在大房子里转呀转，躲避一个在房子里游荡的"女妖"。那个女妖为什么要在房子里一直游荡呢？我又为什么一直跑一直跑，也不换个房子住呢？她一刻也不停息地走着到底是要去哪？她会累吗？她在等谁呢？她的目的是什么呢？一连串的问题困扰着我。我竟对那女妖有一丝怜悯，觉得如果再玩一次游戏的话，我真想问问她记不记得我，我走了的时间里她有没有找到她要去的地方。游戏总能下载回来，但是她究竟有没有想出自己许久游荡不止的缘由呢，这一切是为什么呢？当时一起玩游戏的人，也都陆续走掉了。

我已然毫无胃口。走出食堂，我一抬眼就望见不久前还满头金发的银杏树裸露着灰棕的树皮，瘦弱的枝条在大风里无力地摇晃着，脚下是不知堆积了几个年头的黄色枯叶，好像已经安眠了世纪之久，它们的灵魂统统从人间蒸发，无影无踪。

下午的时候，我并不想分心，但整堂地理课我一直在想外部世界是否真的存在的问题，某个瞬间我一偏头，看到一只乌鸦停在窗外的柏油路上，通体乌黑，孤零零地站在那，向前走了几步，脖子伸了又伸，然后它歪了一下头，又退回来了。我觉得它在看我，乌黑的眼睛转了又转。我想说，我也不知道你该飞哪去，但是天太冷了，你快走吧。它好像听懂了似的，偏过头，向前扑棱了几下，最后朝着另一个方向飞远了。

直到回家，我也没干什么正事。走上天桥的时候，突然觉得知春路的汽车开得越来越快，多久没看到亮着红灯的海洋了，如今那些车辆嗖嗖地开过去、开过来，自然是再也听不到一首 2017 年年末那样的歌。那年我听到的是 *We don't talk anymore*，就在这个立交桥下，有一辆车停了很久，大开着天窗，在车流里孤独忘我地唱着，我站在那听了很久。真是喜欢得不得了。

一本夹了黄叶的日记，是我这么大以来写完的第一本日记，走进家门，我突然想起来它其实一直就放在我书架的角落里，我记得我曾经把《天才在左，疯子在右》的故事抄在里面，把类似"海枯石烂，好聚好散"的幼稚句子乱七八糟地堆满一页页纸，把心情好的、不好的、有理由的、没来头的种种一股脑儿地吐成一片，署上日期……我觉得好笑。我偏过头去，发现它就在那，我从书架上把它抽下来，淡绿色夏日气息的封皮已经泛黄了，我小心翼翼地捧在手里，看它在安详地垂睫睡着。

不知道为什么，我迟迟不敢打开日记的第一页，难受，难受得想要放声痛哭，打开灯，我责问了自己无数遍，这一切到底是为什么呢？大冷天的，我为什么要想这么多？

书桌前的墙壁上，中考时贴着的标语一直没被摘下来，密密麻麻的便笺纸堆砌着，一切都那么熟悉而温暖。窗外的风呼呼地刮着，咆哮着，怒吼着，我把屋门关上了，一个人坐在屋里。我静静凝视着黄昏一点点被吞噬掉，楼房的远处还是楼房，再远处还是楼房，无穷无尽，傍晚一过，这些东西就都无一例外地没入了黑夜，像一个个巨型的怪兽，张着大嘴。嗯，我小时候是说过要打死黑天的话的。小孩子是不是都不喜欢黑天呢？我还是我，当年那个小孩，再也没说要打死黑天云云了，我觉得好笑。

一个荒唐的念头一闪而过，都说人死前会回忆起一生里的很多事，我是不是快要死了？我觉得好笑。

此时此刻，女妖走到哪儿了呢？如果是从前问的问题，我又一定会笑出声来，但是我现在一点也不觉得好笑了，突然间，打死黑天的言论，那些煽情的话，我也不觉得好笑了。我有点认真起来，我问："明天的我还活着吗？或者，我会不会一下子从这个许久的冬眠中醒来呢？睁开眼时，觉得燥热，觉得空气潮湿，眺望窗外，有一棵参天之大的无皮树，开满了紫红色的夏花。"

窗外的云铺盖着沉闷的天空，滚动着，在西山的一角缓缓穿梭，横向移动。这时，我思考不出，什么都思考不出。我想起有人跟我说，得活得明白一点，我想，若我真活明白了，我怎么还会坐在这里呢。

有时候，我真的想闯出去，在众目睽睽之下嘶吼。但实际上，我没有一刻不是行动上的乌合之众——我想独自站在某个地方蒙上面具，让所有人都认不出我，从此我隐姓埋名，孤独地过完余生。萌生出想法的同时，我照旧摘下口罩，坐在班里的群众之间继续墨守成规。每每当冲动快要达到阈值的时候，我都觉得自己在悬崖的一边摇摇欲坠，我看着自己偏行主道渐行渐远，放任自己大步流星。而每每当我走向悬崖想要纵身一跃，跳入那万丈深渊的怀抱当中，甚至当双脚已经在半空中，我的心脏疯狂撞击着，突然冒起浑身的冷汗，想着自己为什么走到了这一步，然后趁机紧紧扒住悬崖的边缘，好让自己不掉下去——就像这场迟迟不来的雪一样，总是有朵云挂在天上摇摇欲坠，越积越厚，从夏天待到秋天，像在等待神的降临。可当它终于等到了冬天的身影时，摄氏二度的风暴却一下子卷起它一点点攒出的肥大丰硕的果实，落了一地。那满地的碎茬刺出锋利的刀部，哭诉着对那摄氏二度的怨恨，为什么一切都到不了关键的节点呢？在使出拼命力气走过的一切之后。

我抄起二十块钱，穿上大衣和鞋子。

我不知道要去哪，已经不早了。

门外寒风呼啸，我迈入冰冷的世界里，跳进人流的洪灾里，踱步进入拥挤的地铁里。当坐到学校那站时，我莫名其妙地下车了，走进学校里，路灯亮着，篮球场上还有不省心的小孩在打球，操场上，还有学生坐在正中间互相靠在寒风中，戴着同一个耳机听歌。

像升入高中的日子里每一次相同的经历一样。我走进高中楼，又一次闻到旧时的自己的味道，就好像，那个时候的我一直在。可当我看到周围这不匹配的一切时，我又觉得它们已经被洗刷干净，跟着那天上厚厚的云一起被二度的大风卷去了南边。旧时光的气味与之格格不入，甚至有些腐朽。

脑海中，有一个巨大的机器正在吭哧吭哧完成它不知什么时候就能突然停止到永远的最后使命，引擎轰鸣，黑烟一圈一圈从发动机中滚出来，过热地剧烈震动着。在荒漠之中，四周空无一物。烟圈想要奋力逃出天空，机器与此同时也竭力翻起满地碎石，可是那些崩裂，只能留下声音，轰隆，轰隆，喀喀喀……甚至连回声都没有。

走到以前我所在的班级门口，窗户里已经黑着灯了，但是门没锁。我走进去，在黑暗里坐了下来。只要我不开灯，这儿的每一个角落就都没变，和以前长得一模一样。空气里有浓烈的泡面味，有不好好学习的我们身上所喷的香水味，还有女生每天用的化妆品味，以及食堂卖的小鱼干和维他柠檬茶的味道。我所痛斥过的一切都回来了，但是我庆幸着，惊喜地和它们撞满怀，热泪盈眶。心想着当初为什么要和个别人闹矛盾，想着毕了业就把他们抛在脑后，删掉微信，此生此世再也不相见。我后悔了，真的。

我在我以前的位子上埋下头，想起来一句话，说是不管你有多怨恨当时的一切，你都会在分别之后想起他的好，并努力回味那早已消散的故事。

我所嫌弃的，他们的幼稚，他们在班里开着手机音乐跳过的舞，在角落里围成一团大声嚷嚷……我真想抽自己一巴掌，为什么当时忙着把这些赶走了。

我没写作业，困得不行，干脆睡觉了。

醒来的时候，只记得梦中最后的尾巴。我梦见自己一会儿是狼一会儿是鹿。狼在原野上狂奔着，普天之下唯我独尊；鹿在森林里坐下了，目睹树叶纷纷落下来，合上了眼睛。

有人感叹，人这一辈子，终究是越来越孤独的，刚上高中的时候，我觉得他扯淡。后来，万万想不到，孤独的巨人找上了门，我一打开，看着他豆子一样小得可怜的眼珠子和与之不符的庞然之躯，便觉得不适，下意识向后退了一步，眼前三百六十度的圆被巨人圈起来，正在我不知该往哪走的时候，一头撞在他套在背带裤中的棉衣中，他一言不发，十分沉闷地用小眼睛怯懦地望着我，我想他一定是名为孤独的巨人，因为我一眼就看出来他了。

我不想看他，便转过了身，谁知他还有庞大的影子笼着我。这一刻我才明白，为什么他们都愿意和他保持距离，即便相交性格不符的好友，即便是有个狐朋狗友，也不愿被阴影下的阵阵阴气包围得抑郁不振。

渐渐地我开始相信了，在这个世界上人是孤独的事实。我想起那辆大开着天窗的车，想起昙花一现的恋爱，想起我自己本人所经历的微不足道的孤独。巨人开口和我说了这么一个故事：小时候，他生活在一个平安喜乐的城市里，有一天一场洪水淹没了整个城市，所有人都漂浮在荒凉的洪水之中，骑在朽木之上，漂着，无助地打转。某天从朽木上醒来的时候，他一夜之间长成了大人，而其他人都不在了，从此下落不明。

听完故事，我莫名其妙地看着他，然后用自己短短的手臂拥抱了他一下。

摄氏二度，然而此刻雪花纷飞，一切孤独透顶，行人奔波，我站在原地。

你大概不知道我为什么会说这些滑稽又无端的东西，也许是因为，我觉得我们要长大了。

但是我觉得，应该没人想长大。这一秒在我脑海里有个坚定的声音让我相信着"越长大越孤独"这句话，所以我不得不警告你，这大概是一条必经的道路。但是我觉得我不会忘了不想成为乌合之众的那个愿望，即便我曾是个行动上的懦夫。我希望能用清醒的大脑和孤独的内心支撑起长大这件力不从心的事，从而迈过那道厚重的大门坎。

即便一切荒凉成灾，我还是得唱，哪怕我身边还有这么个巨人呢，哪怕他还一言不发呢。

我知道接受孤独是一件多么难的事，想清楚这辈子要怎么清醒地活着是一件更难的事。但是我必须知道，你也必须知道，有的时候我们必须站起来，直面孤独，站起来冲他打招呼，伸出手，等他庞大又缓慢地转向你，用小眼睛胆怯地看你。

也许真的有一天，谁知道呢，我们会觉得长大和孤独并不那么可怕了。

反而是种荒唐的享受。

一封信

这是我在你怀里沉睡又醒来的第五年。

高二的日子像迁徙的角马，晚自习总是一抬眼就到了九点。可是不论我怎样陷于囹圄，偶尔的偶尔，潜意识还是会为我带来那由你旧照片连接而成的梦。我梦见去小卖部的那条盈满香气的路，夏日的棚屋燥热漆黑；梦见起得很早，缕缕晨曦从树梢隙间滑下来，溜进教室后墙的小孔成像；还梦见初三的最后一个晚自习空荡荡的教室里我问你："最后一天了，你也会舍不得我们吗？"朋友却说，你已经不舍了一届又一届。

不禁，我回想起初识时分——我静静趴在你的臂弯里，涂起一张张消磨时间的涂鸦，对旁人的欢声笑语不闻不问。我好像是被你推进人海的。起初那是独自在人海中行走的孤独，接着是不经意的友善问候，最终我依赖着这跳跃的温度——就像当你用那栋矮矮的临建楼把我推向陌生的高中楼时，抗拒是我的唯一——而当我偶然看到里面的摇滚无限时又与兴奋撞了满怀。

后来，有一阵子我只低头看鞋带的纹路，于是你又现身，并用手电晃了晃我的眼睛。我这才猛地抬起头，看到前后左右包围着我的无限可能——我开始像一只小龟在长满参天大树的森林里朝着最远处的光斑缓缓挪动，总是那么期待着森林之外的世界，期待着上路和去看海。好想知道触摸树梢的阳光的感觉，好想闻闻远方公路的沥青味儿。但与此同时我也渐渐明白，你的这片漫漫的森林之外或许只有一望无际的荒原——你却不会挽留我——你会再一次，像用矮矮的临建楼把我推向高中楼一般把我推向别处。你会点燃树枝，让火星在空中跳舞，晕开，融进真的星星里，变成再也回不去的旧照片。你会再一次带给我陌生感让我难受，让我在摔倒中大哭，然后学着收回委屈的泪豆豆继续上路。

是的，我也知道我终将走出这里。彼时我必然会再次回想起这些如角马迁徙般奔腾的日子，并为那些逝去的黯然悲伤。但，是你让我明白，只有告别眼前的风景才能与更美的远方相遇。到那时，我仅仅会拾起你的一根树枝上路。我将走进一片未知的荒原，怀着憧憬走向不知在何方的大海；到那时，我会在你点头之前鞠躬致意，在你放开手之前主动离开。我将默默热泪盈眶，因为我知道，这是你带给我全部的痛与爱。

你存在即滚烫，所以在我眼中：你与我同龄。

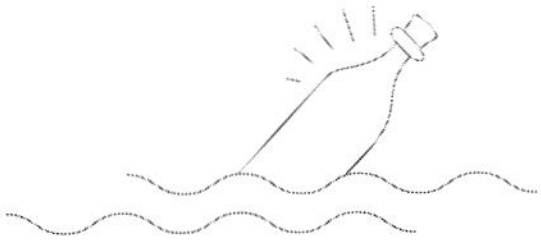

时光 / 之光

一起跳舞

今晚

▶▷▶▷▶

我会在电话亭准时出席

给自己打一个重要的电话

▶▷▶▷▶

在只有回声的电话里

我要为接电话的嘟嘟声唱首歌

▶▷▶▷▶

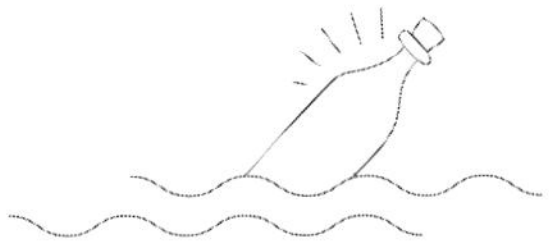

轻轻地告诉她

▶▷▶▷▶

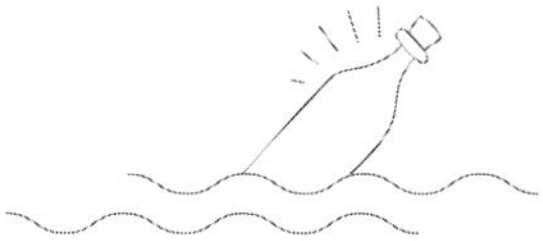

我在通往未来的列车上

努力遗忘

▶▷▶▷▶

逆旅

我的哭声惊天动地

用锐利的触手撒一把金雨

唤醒世界

它们恳求我

仰慕我

我当然是恩赐和森严

是我

令从土里钻出汩汩的笋

在乌云边缘的银线下洋洋得意

我从两盏信号灯间匆匆走过

就着无味的白水

干瘪的面包

踏过断壁残垣

被塔尖的十字架牵着

不知疲倦

纵身跃向未知的环形山

看身后的堤

渐小

消失在地平线的边缘

我拿着单程票离开

轻颤纤小的双翼

足尖倾泻在水面

一刹那

一瓶光明

点碎了镜中的星光

溢出

模糊了镜中的自己

一个大浪拍来

我随着洪流席卷而下

同被冲断的枯枝于瀑布飞泻千尺

在水底

降落

哑成一粒略卵……

微微呼吸

俗诗

我是风

我是闪电

我是春天的最后一片落叶

我是心脏

是罚站的影子

是在热带流浪的企鹅

我是误入河流的海鱼

是牧师枕边腐烂的圣经

是窗边的一瞬灰尘腾起

是你匆匆离去的脚步声

一瓶光明

我是迷失的太阳

在渐暖的世界里数数到晕厥

等他们昏昏欲睡

我就变成一盏月亮

只照亮那些

失眠的人

今晚，我会在电话亭准时出席

今晚

我会在电话亭准时出席

给自己打一个重要的电话

烧只鸽子

沏壶茶

让开水煮烂月亮

鸽子血全麻了我

不想合眼的夜晚

它催眠我

一瓶光明

不想醒来的夜晚

它制裁我

仪式就像三餐

胃

与苦瓜相拥而泣

它知道

凡事

不宜久留

但是

只要你愿意

唱首摇篮曲

便可抚平擦皱的纸巾

用崭新的手绢挥去

就能沿着公路

做个颠簸的梦

今晚

我会在电话亭准时出席

给自己打一个重要的电话

在只有回声的电话里

我要为接电话的嘟嘟声唱首歌

轻轻地告诉她

我在通往未来的列车上

努力遗忘

今日免

磕绊的节奏

冲开薄纱水泡里的秘密陷阱

指缝间

蓝天陨落

耳机里的世界

夕阳消逝

夜渐深

渐凉

后来我不再好奇于认识的盆栽······

暂时地

我只想关上花园

我只想牵着陌生的巷子

和隐形的巨人

一起跳舞

乘梯

躯体在电梯里上升

脑浆在螺旋荡漾

巨大的玻璃前

我的灵魂看到一座城失控般下垂

回想起在地面行走的踏实与心安

根须深扎泥沼

无忧肋骨间叫嚣的寒风

那时

我被温暖裹挟

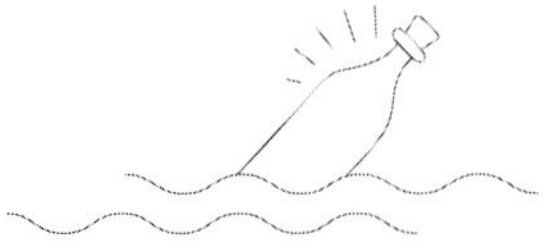

电梯与无数屋顶齐平

视界延伸成新的地平线

我缓缓浮离

蟾蜍蹲在深井

大厦遮挡彼此

钟摆在树荫下荡秋千

如今

阳光却刺穿电梯的玻璃

像利刃扎进了瞳孔

我被光饱和

从羊水中被拖出

哇的一声嘶喊

怀揣着对寒冷空气的强烈抗拒

迎接一个新的未知

扒着电梯的栏杆

俯视羊水里漂浮的卵

游来游去的我

在四季冬眠

雨

浇凉睫毛

烟

把梦做轻

蜷缩在野花开满后的山坡

他也会迟迟醒来

久久凝视

那颗被错误放飞的氢气球

所能上升到的迷惘未来

盲生

加一剂金色的粉末

女巫把灵魂倒进不同的碗里

从前我可以轻易看出

哪只碗底有莲子

汤中的米是什么米

直到有一天

我遇到一只受伤的乌鸦

以为它们的内脏也如夜幕般漆黑

在剥开灰色的外壳前

也不知道龙眼剔透的皮肤

脱下校服

灵魂的小人穿上了不同的长袍

我却蒙上眼睛

告别斑斓的谎言

戴上手套

只想用透明的风触摸你们

以免像玫瑰那样

用刺扼杀了蜂鸟的善意

无题

如果再耽搁一会儿

星辰和大海

就都是我的未来

如果我选择翅膀

就扼杀了明日的珊瑚

如果我选择鱼尾

风云的舒缓

都将窒息

我是一阵雨

遇上龙卷风

把我吹散了

每一个我都含着亮晶晶的灰尘

在强风中

变成了一团雾

一束阳光飞泻下来

我是踌躇的大雾

在无边的天空中微微闪烁

翻腾着

不知道落到哪里

插在苹果上的银色叉子

当我试图走进那面封皮上的印花时

欲先撬开符号的嘴巴

聚散无常的黑点

肌肉细胞的云

还有那中间一颗小小的核仁

向前

向后……

"那把银叉子插在苹果上深入"

它如是大喊，

失语。

太阳雨

太阳雨

把蛋糕切成两半

埋葬一半

让春天的胃融化

撑伞的周五

数不清脚趾

风车沿岸的公路

黄昏总在奔驰

下午

雨水打湿旗子

有人看雨

有人看别人的眼睛

夜

雷声温和

阳光灿烂

它穿透尾页的句号

送它一颗无痕的泪

风中情人

笔画也冒起滚滚浓烟

火苗角尖上

渡轮

在西贡的浪声中远去

我拥吻

与这顷刻的孤独

零点不会敲来

螺丝钉钻去的晨曦

黎明有它落海自尽的命运

正如同你愈加不善的言辞

喧嚣

掺杂了喧嚣

风声也回应着风声

情人漠视他除那片森林以外的富有

或许

是某种特殊的贫穷

让我不想从昏光中

悄然醒来

窗

看那扇窗户

上面挂着一串生锈的银铃铛

燥热的夏天 铁栏杆外的枯树枝闷不出一棵芽

铃铛坠下来 在半空中悬着 一动不动

迟暮黄昏　太阳会再次为它画出金丝

脏兮兮的银线也反着光

路过的人或是直接走过　或是停下转弯　偶尔抬起头

窗户紧闭着　窗帘紧拉着

这扇窗户单调而普通

目光投向它时　它悄悄与我藕断丝连

从而与每一扇窗藕断丝连着

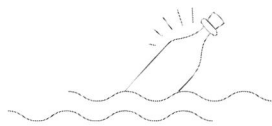

旅行 / 之行

我依旧看向窗外

我看向窗外

一段临水

白鸽在天上盘旋

开花的树成海

▶▷▶▷▶

一段草原

零星的枝杈

鸟窝里

干燥的云

▶▷▶▷▶

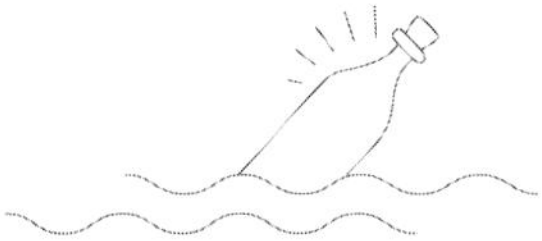

一段土坡

荒地上的白房子

屋后的祖坟倚着树干

彩旗与桥

无息的电缆

向前延伸

▷▷▷▷▶

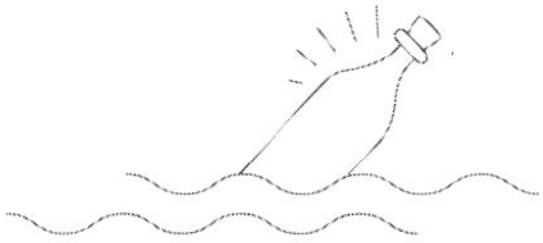

风景来临时

我端详它的味道

与气候

碎石子铺成的

铁路 没有尽头

▶▷▶▷▶

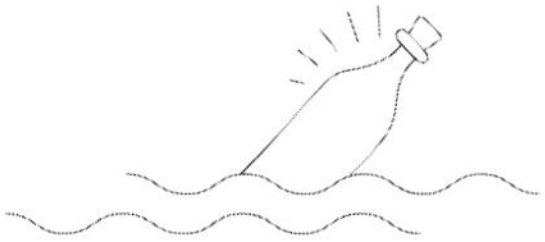

隧道来临时

黑暗

排山倒海

我依旧看向窗外

▶▷▶▷▶

沈阳旅记

因为一些事故，我昨天才去沈阳，今天又急急忙忙坐高铁回京。想在一个晚上找回儿时的记忆是不可能的，但我也的确如愿地回到了那时住的房子，看到了那座花园。惊讶，书法班竟然还开着。回程坐高铁本想好好做题，奈何风景太漂亮，连同短途中看到的房子、人、一些细碎的东西，凭一点接触和直觉，随笔写了组诗开心开心，也算是被这座慢慢的、凉凉的、干净、爽快的东北城市所触动了一下。

沈阳

北方二线城市的马路

淡淡的灰

四月

树枝也是风的颜色

卖气球的车略显臃肿

慢慢地

车轮打转

一圈 一圈

像首很老的歌

炉上火苗

劈开的瓜子皮

阳光下

人们的脸

浮一层金色绒毛

每刻

都像黄昏

要一间中午的包房

她问 五点

能吃完吗

原来

沈阳的

午饭 需要等待

聆听

煮沸开水的咕嘟声

火车窗

我看向窗外

一段临水

白鸽在天上盘旋

开花的树成海

一段草原

零星的枝杈

鸟窝里

干燥的云

一段土坡

荒地上的白房子

屋后的祖坟倚着树干

彩旗与桥

无息的电缆

向前延伸

风景来临时

我端详它的味道

与气候

碎石子铺成的

铁路 没有尽头

隧道来临时

黑暗

排山倒海

我依旧看向窗外

幽深的窗里

自己的脸

多看一会窗户就觉得很有趣。明晃晃的一切都在眼前来回变换：一会是树，一会是放羊的人、成群的绵羊……路过工厂，两根巨大的白色烟囱矗立在漫山遍野的樱花之间，白烟一泊一泊向上冒；太阳也在树间跳跃，像一只人特别想捉到却蹦蹦跳跳跟人捉迷藏的金色乒乓球，总是从视野中逃离又突然出现。尤其是身旁突然驶过另一列火车的时候，那个金色的乒乓球就会在无数个窗户交替错乱之间来回闪烁，挑衅着，诱惑着，来呀，你就是捉不到我。如此一般的风景会持续一段时间，随后整个列车突然在某个瞬间被巨大的山洞吞噬，窗户外面只有无穷的黑暗。但回过神来，发现窗户还是色彩斑斓的，发现那是车厢里，我的脸，我的帽衫，身后暖黄色的车灯，吃泡面的女人，看儿童绘本的大叔，哭闹的孩子。于是这一趟列车就这样在山洞里外不停切换。风景来临的时候，窗框里是大树、蓝天、平原和云彩；黑暗来临的时候，窗框里就是整条列车，和车厢里发生的一切。黄昏时分，列车恰巧从山洞驶出，金色的乒乓球瞬间跳跃到窗框内。那一刻，我感觉世界有点像一块蛋黄酥，我的列车正从豆沙中开出，不停歇地驶向那颗金色的蛋黄。

一瓶光明（上海篇 一）

　　几周前我就心心念念想去上海，今天我终于在上海了。下午，我和小梁在外滩漫步。五一假期，人山人海。走着走着，人群不知怎的变得越来越密集，然后逐渐排成两大队向前缓慢移动。

　　我们在人群的洪流里进不得，退不得，没有一个岔路口肯放过我们，让我们能转弯逃出这片奇怪的区域。就这样，我们在这个世界上又一次被莫名其妙地卷入了一个奇怪的旋涡。

　　我们感到口渴，于是在摩肩接踵之中，我俩向岸边挪动，靠近了一家烟酒超市。超市门口卖着光明牌酸奶，我们花了十五块钱买了一瓶。或许是过于饥渴，拉瓶盖的时候我们不小心拉断了瓶盖上的起子，只剩下一半塑料的圆环，怎么硬拉，瓶盖也打不开了。于是，十五块钱换来的光明牌酸奶变成了无休止的斗争。结果就是在去下一个目的地的整条路上，我们都在与这瓶光明较劲：指甲被磨得生疼，指肚也被锋利的盖沿划出红痕。可不论我们怎么使劲拧、拉、拽、扯、咬，这瓶光明就是死死地被锁在了里面。

就在一个不经意的瞬间，我轻轻一起，"光明"的瓶盖忽然投降认输了，并出乎意料地把一整瓶光明全盘托出献给了我们。我和小梁都感到十分诧异——这轻轻地一起，让整瓶光明来得过于容易了。

随即我们迫不及待地扒过去看瓶里的光明：嗯，瓶里除了普普通通的酸奶一无所有。

夜里，躺在酒店的大床上，我又回想起下午的旋涡。是不知不觉间，那旋涡也在走路的途中渐渐消失了。然而总是不明起因，也不明是自主还是被动的：我们究竟是如何莫名其妙地陷入一个又一个奇怪涡流的呢？

躺在酒店的床上，我又回想起那瓶固执的"光明"。

我有些后悔和它较劲。

的确，是我固执的双手葬送了它，让瓶内的光明落荒而逃了。

献给忧郁的黑（上海篇 二）

献给忧郁的黑

今天，在江边看到了

忧郁的黑

我叫了他

好几次

没有一次回答

或许

有什么在酝酿

也或许

什么都没有

只是有可能

他们看到了著名的扬子江

而那对他来说

只是 一条普通的河流

于是

我们摘下一朵雏菊

扔进漫漫的水里

于是

他将看到充满花香的江水

愿上天保佑

献给一块帕迪

帕迪

是初秋尚未熟透的野果林

雨后

脚踩过湿润的枯叶

会发出咯吱响声

林

是一望无际的

当你迈开步伐

永远也无法推测前方

会出现什么

但无论如何它是有限的

因为

它只是一块帕迪

但它也是无穷的

像纬线一样

没有起点

也没有终点

回沈阳去

明天，我将踏上一趟开往沈阳的列车。

我已经记不得第一次和最后一次去沈阳是什么时候的事情了。只记得第一次去沈阳的火车上，我的的确确吃到了人生中的第一口方便面，并暗暗将它评为我人生美食榜单中的冠军。除此之外，我也记得坐在我对面的大人瞪着溜圆的眼睛，看我品尝人生中第一口方便面时热烈期盼的神情。

印象中，每一个在沈阳的下午都几乎是在楼下的大花园里度过的。那时候不知什么人在里面种了些瓜果，我喜欢花园里种的西瓜、南瓜和葫芦，还有那些漂亮的凤仙花，也曾趁大人不注意的时候悄悄掐断某枝花的花柄，嚷嚷着找奶奶要明矾，想把花瓣

捣成泥给指甲染色。每一次寻找明矾的道路都艰难曲折，每一次
艰难曲折的终点也都落在失踪的明矾上。卖油条的人说：这年头
已经没人用明矾炸油条了。可我还是不死心，自个儿把花瓣捣碎
贴在手上，拿餐巾纸包起来，用皮筋裹好。然后，静静期待着它
变红，即便每 次的结果都不出意料的失败了。可我还是充满期待。

　　隔壁单元的某一层住着一个书法老师。五岁那年，爷爷领着
我去找他习字。坐在课堂里的都是些初中生。他们好奇地看着我，
冲我微笑。自那时开始，我每天下午在隔壁单元的书法教室里练
硬笔书法，毛毛躁躁地写完作业，然后兴冲冲地抱着临完的字帖
回去找太爷爷，向他索取一个表扬。晚上我又跑进后花园里，书
法老师养了两只白兔，它们总在花园里四处蹦跶，从不被关在笼
子里，我对花园的爱因此翻倍。我总在期待，期待着我路过的每
一个角落。每一个角落都可能蹦出一只白兔，所以每走一步，我
的鞋子都仿佛被浇了细碎的星星：那或许正是来自简单的，对一
只薛定谔的兔的期许。

　　我着实觉得奇怪，它们竟真的是我回忆的一部分：那时候人都还在。姑姑留着黑色的长发，还正处于学生时代的恋爱里。我经常在那架客厅的立式钢琴前不耐烦地弹练习曲。每天早上，太爷爷在阳台的长椅上看报，四爷爷和四奶奶在餐桌前听新闻。我穿着背心，不小心吃饭咬到舌头，然后冷不丁说一句"馋咬舌头饿咬腮"，姑姑把牙套摘下来放进盒子里，然后舀几勺奶粉扣进杯子里。这时候，我会强烈地期盼她用热水把奶粉冲开的瞬间到来，强烈期盼着她紧拧瓶盖，剧烈摇晃那个瓶子，微微发黄的奶白色逐渐变得均匀。在我来到世上的仅仅六千多天里，这些日常竟是这六千多天的一部分。而此时此刻，我回想起那些依旧生动的细节，只感觉熟悉而陌生。它们像是属于我，占据我，却又撒开我的手，隐形起来，只有一些突然的时刻我会回忆起那些久远的东西。就好像我从未有过八岁，我有的只是十六岁；可某一秒钟来临了，有一颗尘埃钻进了我的眼睛，我的眼皮反射性紧闭，眼泪自然地流出，那一刻我突然想起了我的八岁，想起来一个练习跳绳时发生的，绳子划过脚底空气的瞬间。那一刻我会期盼着绳子的下一次挥动，一次又一次挥动，划过脚底。于是，我的十六岁想必就是这样来临的。

这时，我对明天的火车仍抱有一点期待，这期待没有任何源头：它或许来自我对那个某种意义上的家乡的怀念，或许来自我对童年时光的悄悄追寻，或许来自我对短暂逃离北京的强烈意愿，也或许仅仅来自直觉，来自我对能遇到的那朵路边野花。

只不过这次我是要去扫墓。现在不到凌晨一点，十六岁的我在列车匆匆于京沈铁路的无数次来往间学会了一些隐忍，学会了做些不情愿的事，磨平了一点棱角，也变得更慢热、内敛，变得有点不像那个小时候的自己。在这无数次列车来往的过程里，我不晓得那种星星般的期盼是否因时光的流逝减半。但我似乎记得后来某一次回沈阳的时候，大人告诉我花园里的两只白兔如何跑丢了——于是渐渐的，那座花园也开始慢慢从我的梦中隐退，消散，静静躺到某一个它该去的记忆匣子中。或许它们是和那个已经被埋在大树下的人一起走了，一起被封存在了那个永恒的棺材里。

最近一阵子，我看到临建楼通往三层的那段楼梯被铁栏杆围了起来，并上了锁。于是那些采访，那些在楼顶看的日落，那些在房顶上大声唱歌的记忆也好像都被锁在了那道铁门里。我将再也无法跨越那扇小窗到空旷的楼顶看一场日落了。于是，我颇有些伤感地和一位深交多年的朋友讲，那通往顶楼的楼梯被铁栏杆围上了。他说，我每天都上去，上锁的第一天我就知道了。我说，你看，这多像一个引申的意象，似乎暗示着我什么。然后是一段沉默——过了很久之后他说，主要是有引申的眼睛。我说，哪里的眼睛？他说，你的眼睛。

那段谈话结束的时候我觉得很有趣，于是便记在了日记簿里。

后来，我又回去翻看了几遍，突然发觉那不是谈天，而是首关于什么的诗。

以此纪念 些顶楼的日落。

一瓶光明

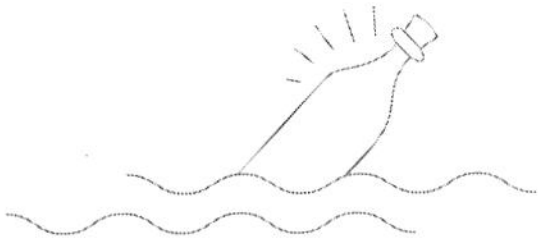

平常 / 之常

回忆被我染了色

我不知道，或许吧

▶▷▶▷▶

或许某一个早晨突然敲门

▶▷▷▶

它平凡如生命中的每一个早晨

▷▷▷▷▷

但当千年如一的阳光照进窗棂

▶▷▶▷▶

我突然就那样接受了

"无题"里平凡的一切了

▶▷▶▷▶

○
○
○
○

存在

晚上，气温又落了下来，我裹着黑色大衣瑟瑟发抖地往校门口走去，鼻子呼出热气。昏黄的路灯下，桃花盛开。一个陌生人站在路边，书包搁在地上，仰望。我，选择错过。

细细回想起第一次一个人踏上融入陌生文化的旅途，我心情复杂，波折起伏。书，倒是读了不少，主要是因为寂寞。那时，我常常想起春色如许、桃花盛开的日子，清晨，骑车从它身边经过，回头瞥见被衣摆荡起的风。思念到底从何而来？并非对于一棵普通的桃树——正如一百多枝玫瑰都同样美，王子却觉得它们毫无价值。正是因为我在多年之前的春天与它相识相交，它特殊的记忆里有我的气味，才成为对我来说非同一般的桃树。所以，对故乡的思念并不是对那棵树的思念，而是树与我的记忆难以割舍忘怀。

所有的思念都可以被归为"乡愁"。

曾经一位朋友说，回忆被我染了色。是，粗粝的现实，模糊的相片。模糊的物象才更美，一切被时间拉长了距离，使我记不得那些灰尘，记不得空中的阴霾，往留白的时空中也不妨添上幻想的几笔，再造了一个不错的梦。

上一次在早培上课是中考的时候。我们去补课，外面下了好大的雨。蜗牛爬满了草坪、滑梯。我们小心翼翼地走，生怕踩到这缓慢的生命。

今日放学，我在早培的校园里溜达了一小会儿，成群的小孩奔跑着，像一道道温热的闪电，电线杆上挂着几只蜗牛的壳，不禁让我疑惑那蜗牛晶莹的躯体飞向了哪里。记忆里的我从记忆中脱离，记忆中的蜗牛飞散在风中，消失不见。无法抓到的，确实难过——方向感的丢失是主要，就好像从前我看到那只蜗牛了，它也看到我；它相对于我慢慢地走，我相对于它快快地走。我荡起秋千，秋千与我、蜗牛一起在空中飞扬，于是我们相对静止。那一刻，我和蜗牛对彼此都意义非凡，而蜗牛不见了之后，我的存在突然也失去了意义。

我想，痛苦来源于一只蜗牛的离开，或者说那场雨下完了，或者说秋千停止了摆荡，怎样都好。需求，是对于存在的强烈渴望。它证明我存在时，我无法意识到这存在的意义，它从壳中抽离而去时，我却能强烈地感受到这巨大的缺失，而思念的因此诞生，也让人受伤。

这样一来，我便有点理解杜丽娘为情而死的原因所在了。那是梦中的爱足以证明她被人需要，因而她的存在是有意义的。可是，梦醒时分她发觉，原来那被人渴望的存在只是虚无一片，于是她才认为，自己的生命瞬间失去了爱的意义。

的确，无论再怎么呐喊和于不朽的石碑上刻字证明自己的存在都毫无价值，因为它并不能让我们感到幸福。或许感到幸福的唯一道路，对于需要被认可的、脆弱的我们来说，便是被爱吧。

倘若所有蜗牛都消失不见，我们的生命也成了一场空白。

孤岛式的人生，我想，也并不存在的。

耳鸣

六月十三日晚，第一次去 livehouse 玩。原本凉快的空调房被一群黑压压，不停产出二氧化碳的影子烘得闷热至极。一束束像地狱之门射出的红绿白光，一声声像地狱三头犬发出的嘶吼贯穿在我的颅骨里。我散下缠着的头发，不断向前甩去，向前甩去，弯下腰又猛地起来。脑浆在腔体里打转，直到我有些晕厥。

经常听金属乐的人有一种新奇的玩法被称为"死墙"。台上主唱一做出手势，观众就自然成两堆将中间的空地留出来，个别胆子大的先抡起花臂闯到最中央，不少人开始接二连三地撞上去，场面与聚众打架斗殴无甚差别。所有人都肆无忌惮地冲撞着一副副素未谋面的身体，但又约定俗成在不小心踩到谁的脚时表达自己诚挚的歉意。

我与他们的一面之缘让我记住他们破碎的面容，我记住火红的头发、短裤和背心、脸上的白色面具、耳廓上缀满的银色铆钉与蝴蝶还有鼻子或嘴上锃亮的珠子；我好奇所有人的来历，也好奇他们爱上这里的原因。他们举起手搭起不认识的人的肩膀，蹲在地上或撅起臀部疯狂地甩头发，即便收到某些异样的眼光也丝毫不为之做出任何改变。在舞台灯光与爆裂金属的催化下，所有到场的人都可以短暂地忘却，疗伤，在音乐里放纵，在日出时获得原谅。

有那么几分钟我停下来站在原地，所有人都已经跳跃到下一个小节里，我还停在主唱说道"把这首歌送给那些有梦想却没能实现的人"的那一刻。全世界的怒吼与震动突然都与我隔离开来，我像根本不属于那几分钟一样呆呆地看着愤怒的人群与愤怒的乐队。过一会儿我又加入那个世界里，用全身的力气把头发甩到天涯海角。或许正是那每天二顿饭的日常，或许正是来自美好光明的未来成了一切压力的最大源头。如果说任何东西都是相对的话，我不晓得这看似没什么好担忧的前途是否阻碍着我，获得那可以换取痛苦经历的人生粮票。我想是不是我们之中的多数都在怀揣着梦想的路上失去了时间与勇气或未被赐予实现梦想的良机，于是变得不再勇敢，是不是来到这里的部分原因，只为短暂默许某一刻的自己不曾平庸。不然，我们也不会在朝九晚五的平静里挑出某个秘密的夜晚独自或与几个夸张友人前来进行这场与陌生人一同狂欢的盛宴。

我如此享受狂欢却不是金属乐的狂热爱好者。我不深爱爆裂的音乐，但那音乐带来了与神奇怪人们共度的夜晚。回想起，那时候心里好像突然涌出数不尽的委屈，那些陈年的不快和已淤积如夏天湿地般的烦恼终于有机会被世界所接纳。体内尖锐而委屈的声音在大声唱着，向阳花，如果你只生长在黑暗下，向阳花，你会不会再继续开花。规则和我与社会契约般对美好事物的喜爱共识让她变成一具隐形的僵尸，而只有昨晚爆裂挥舞的发丝和双

手将她透明的魂魄粗鲁地一把抱起，说她的奇怪与异样也值得被人所爱。那声音必定被雪藏很久，唯独金属乐的愤怒，召唤出了他们野性的跳跃。

当那被堵住的泪水和放肆的笑容都顺着后脚跟的跳跃迸发到发根，当它们沿着每一根甩出天际的发丝从发梢冲入有些烟雾缭绕的七彩光线里。那个体内的声音终于在那里找到了归宿：她弯在烟圈的弧线里衣不蔽体，肆意地朝我放声大笑。昨晚，所有灵魂容器角落里被遗忘的他或她都终于如愿地横冲直撞了一次，毫无责任感地支配起这架平日里文明有礼的身躯。

早上醒来，我的身体已不属于自己，脚跟一阵阵疼痛，脖子像要断掉，耳朵发出一阵阵嗡鸣声。而我快乐极了，只有这样我才能知道那从六点到午夜的跳跃不是一场虚幻的梦，体内那个声音也的确存在着。她与耳朵，平日里，像鱼缸中一对安静的亲嘴鱼。而现在，我的耳朵还鸣叫着，仿佛在金属的余音里延期徜徉。它提醒着我那是耳朵发出的声音，烦扰却像她一样——千真万确。

无题

越来越多的无题了。

就像我们常常写计划，每件事都被一步步安排好了，但最后效果倒和想象中截然不同，甚至成了另一个故事。原来的大主题也索性被抹了重新再写，字印上模模糊糊又盖上一片重影。但最开始就写上"无题"总是有点不甘心的，于是非要一番擦擦改改……等到最后，感觉还不如就用"无题"这个词概括算了：中性，泛泛，不漂亮，也遭不到嘲笑。

其实，我是有点怕被人问起："讲讲你们有什么故事吧！""为什么叫这个名字啊？""为什么玩摇滚啊？"

似乎是因为，我总期待自己的那颗麦穗就是麦田里最大的那颗，也期待它是被宛若罗丹的自然之手塑在那的，美丽、安静又鲜活。期待从锋芒到根须的每一个细节都在耳语。于是我担心，万一有人拨开了麦穗，发现其中竟然只是泡沫塑料的怎么办？万一在别人发现之前是我先发现了怎么办？我要不要串一条密密的珍珠卷帘裹在裸露的干燥皮肤外面以示不凡呢？而设想如果我真的加冕了自己，我仍然会感到害怕：是否以后就要以"加冕后的日子"为生活的大纲了？那么女王会坐下来打游戏吗？会突然想起什么痴痴傻笑吗？

当我早上打过一层粉底，涂了薄薄的唇彩之后，总觉得这张脸才是自己真实的样子。而不是早上起来蓬头垢面，没洗脸站在镜子前的那个形象；傍晚回家，用门把凉气轰在外，我的心里装不下库切和那几条狗，而是只想在脑海里绘一幅边看窗外纷飞的大雪，边裹在毛毯里看电影的画面，甚至因为这幸福感要溢出脑海自己也想跟着一起笑出声。最后我开始思索，伟大的人都快不快乐——得出一个结论"很少像我这样快乐"，接着又质疑一番快乐是不是和肤浅成正相关，发现好像也有点道理……我想我们都挺害怕平庸的，于是尽力把自己装扮的特别一点。但当被人问起故事和名字的内涵的时候，最后我们可能还是说，"能有什么故事，就是喜欢吧"……

想来想去，《己亥杂诗》其实是个挺随便的诗集。我会想问龚自珍写完了最后一首《己亥杂诗》的时候，有没有想过给其中的一首重新取个别样的名字？但事实上不管其中的哪一首取了新名，它都不会再是《己亥杂诗》。

于是这时，我静静看着蒙克忧郁的双眼流淌在画布上，揣测不出他的内心有多孤独。我太快乐了，快乐到想拥抱全身的雀斑和伤疤，快乐到想把妆卸掉……

我不知道，或许吧。或许某一个早晨突然敲门，它平凡如生命中的每一个早晨。但当千年如一的阳光照进窗棂，我突然就那样接受了"无题"里平凡的一切了。

中秋

　　一个人走回家，看到夜光里的人群像一株株向日葵，他们都在食宝街外面那条路上停下来抬头看月亮。我也抬起头，看到一枚圆月浮在空中，前面的情侣搂着对方笑着走过去，一对夫妻拉着刚刚学会走路的小孩擦肩而过。我继续走，走到马路上从红灯等到绿灯，穿过成双成对的人，穿过朝着月亮的一丛丛向日葵，走上天桥，走上站满了人的天桥。所有人都在看月亮。我也停下来，站在天桥上。脚下的车辆飞驰而过，我独自站着，天气微微寒冷。但我一点也不觉得孤独。我冲着月亮，抬起头。月亮发出温热的光。我说过我真的讨厌黄庄，但此时此刻，我一个人站在这片无聊的土地上哪也不想去，只想静静站一会儿。我感觉自己也像一株向日葵，在夜里，在我所属于的田野里仰望着。

平常 / 之常

再一次回溯

我似乎抹平了心中的疙瘩，风景让我感受到渺小。当我看到塔尖人写的作品时，我是井底之蛙。那些难过、颓废之中总在试图证明别人微不足道的作为，现在我要扼杀它们。我不应该再为了证明什么而有所付出。这些证明得来的优越，似乎也是一种虚荣。如果我一直比较下去，我也不可能因比较和失望证明自己成了诺奖获得者。"证明"是个好词，但未放下的野心并不是。当我似乎渐渐静下来摘掉形容词和引号，我发现一切都在发光了，是我孤傲的偏见使我深深蒙在灰色的鼓里。

美食，妙不可言

美食之所以被称为美食，不在于它的细节有多精雕细琢，像家常菜馆往往是人气最旺的小馆子。美食美的是内涵，人们品的是生活，是美食最本来的那一部分。去家常菜馆的人是想吃到家的味道，菜不一定好吃，但本来的味道一定要有，那些美食正因有着最质朴的灵魂，才被以美而冠名。美食的灵魂也就是这样妙不可言。

自从在旅途里遇见了那杯鲜奶，再贵再好的奶都不足以让味蕾绽开了。那是一月的北海道。我和妈妈乘着夜巴赶回酒店，恰逢暴雪，哆哆嗦嗦地蜷缩在酒店的泡池里，不一会儿便被滚滚发烫的温泉水泡得舒舒服服。从泡池起身洗浴完毕，木屐突然被绊了一下，低头一看竟是一木桶子的牛奶，被装在晶莹剔透的玻璃瓶里，木桶盛着冰块，牛奶瓶上的冰珠闪着银光，格外好看。刚刚从滚烫的泡池出来，现在尝一杯美美的冰鲜奶压压热气何尝不可？我惊喜地抱起一瓶，小心翼翼地拔开瓶口的木塞。乳白色的鲜奶在冰凉的玻璃瓶中跳动，浑然的白，没有一点杂质的白，在橙色灯光下呈现暖暖的色调，一晃动就拍打着玻璃，留下一行乳白色的奶迹。捧起瓶底，嘴唇最先接触光滑瓶口上的水珠，接着是舌尖触到封住瓶口的一块奶黄油，轻轻一嘬，奶黄油在瞬间脱离瓶口，冰凉的鲜奶统统涌入嘴中，向风雨中的海拍打礁石一般不断在舌尖涌动，奶黄油感知到舌床传导的体温，入口即化，融成一片带有喷喷奶香的黄油浓汤，最先刺激到味蕾，我便感到味蕾翻腾着，啪的一下绽放了。随即而来的冰凉鲜奶把我推进了强烈的画面感中，鲜奶从瓶口源源不断地流出，反射着灯光，映出亮晶晶的样子像一条金河，翻滚着钻进口中，舌尖，舌床，舌根，甜滋滋而不腻，仿佛带有浑然天成的余香，我闭上眼感到仿佛站在北极的极点，一望无际的冰川白雪包围着我，纯得不带杂质的香甜充斥在喉咙里，而那香气又比奶水走得快，等奶水还没到胃里，四溢的奶香就已经让肠胃欲罢不能了。脑海里交错放映的画面全部掺着浓浓的醇香，又是那么的天然淡雅、润如滑脂，甜的冰凉钻进肚里，飘飘然想要浮在奶香中。高级的甜感，来不及享受太久，玻璃瓶见底了，唯有一圈淡淡的奶白留在瓶口瓶底，鼻子凑上去一闻，还是熟悉的余香。陶醉，只有陶醉。放下瓶子，抬起头望窗外的雪，白茫茫的一片分不清是雪，还是鲜奶做的冰晶，遍布山坡的，十分诱人。有那么几分钟，恍恍惚惚，似是时间错乱了，冰冰的鲜奶迂回在体内，香气久久不散，眨眨眼，摇摇头，望着手中的空瓶，恍若隔世……那是好几年前的事了，黄油融化的感觉，鲜奶四溢的香甜，如今还历历在目，好像那香气伴随着我走了好几年，美食的力量就是这么让人过口不忘吗？学习之余，偶尔会上附近小有名气的各个奶茶店点上一瓶奶茶，可不论是精心加工过的奶盖微咸带甜配着浓郁咖啡混合牛奶，还是花花绿绿一杯精美的玫瑰蔓越莓混合着牛奶红茶、雪梨清香缠着牛奶的鲜味⋯⋯都再也没有带给我北海道纯鲜奶的那种惊艳，我总觉得那些奶茶们还不能被称为美食，因为总觉得少了些什么，又有什么太多余了⋯⋯有一天早上我把油条泡进牛奶里时，才又猛然想起北海道的鲜奶。那是不含杂质的纯牛奶，不掺水的鲜奶，纯纯的乳白色，没有一点花哨的冰牛奶⋯⋯再多的配料都比不上纯纯的天然，这是添加无法达到的境界，我们每天品尝的奶，早已掺了水，本来的奶香，也早已减半。花式奶茶固美味，却又过于追求大众的喜爱，过多的添加使牛奶失去了本来的样貌⋯⋯回想起那年的鲜奶我竟有些想哭，那种天然的醇香，如今又能去哪找到呢？

都市的生活就像花花绿绿的奶茶，的确体面、周到，而生活的本质，总是简单而温馨的，那些忽视了原始而追求超越的，总是在到达美味顶点的路上，追随美味的同时，倒反而与美味背道而驰。美食啊，跟生活竟相通着，两两相融。美食的奇妙，就如此了吧。

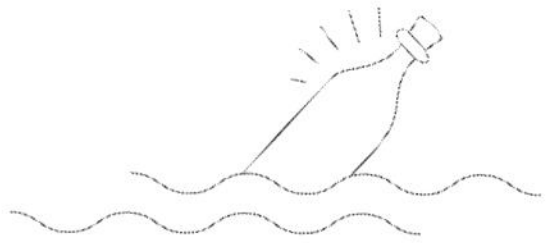

某些嚼不动的食物

你有没有吃过一些嚼不烂的食物，比如一根很老的芹菜、一根根茎粗壮的菠菜，等等。

从前，我是不会在吃饭时进行类似的思考的。毕竟，人没事也不会对一根嚼不烂的菠菜大做文章。只是那时候我还长着一些乳牙。我会用每一颗平平的牙齿费尽心思绞断某一棵芹菜繁杂的纤维。时而我也会幻想：如果舌头是把坚硬的梳子就好了——这样就可以把那些缠在一起的芹菜丝理清楚，弄明白。不过小时的我几乎没有战胜过嚼不烂的食物，最终往往都是因为咽不下去而噎住，然后那些东西被食道一股脑往外送，让我吐了出来。所以每次，我也几乎都是以红着眼圈而结束斗争的。

一瓶光明

后来对这种食物的记忆就模糊了，大概是因为换了一副更尖锐的牙齿，也是因为再也没有怎么被它打败过了吧。或许我逐渐就变成了这场折磨游戏里的胜利者。

今天，我再一次碰到它，那是一块又厚又大的牛筋。我的牙齿在机械咀嚼，舌头在不断地把唾液和食物搅拌在一起，帮助牙齿搅烂食物。按照生物书上教给我的原理，它们是帮助我初步进行物理消化的工具。然而，这块牛筋却顽固不化，丝毫没有被我的舌头和牙齿对它片刻之间的钟情所打动。我换了各种不同的角度打磨这块嚼不动的艺术品，前面的牙，后面的牙，都毫无收获。那一刻，我心中激动的火焰燃烧了起来，这股火苗迅速烧遍了我的脑海。它大声告诉我，把它咬断，粉碎它，冲啊！也就是一瞬间，我突然感到自己有了宛若能够变身铁臂阿童木的力量。

但，这是没用的。在一块顽固的肉筋面前，只有时间和耐心可以消磨它的顽固。就好像打动石头的爱情向来不是以牙还牙，而是软磨硬泡。不一会儿，我的咬合肌就感到了些许劳累，于是我打算休息一会儿。打开网络，我决定研究一下哺乳动物比其他类型的动物高级在嘴部体现的精髓，好帮助我更好地运用这副精良的牙齿，以便在知识层面助攻打败这块牛筋。据说我们有四种不同的牙齿，切牙：功能是切割食物。牙根为单根；尖牙：功能是穿刺、撕裂食物。牙根为单根；前磨牙：主要是协助尖牙和磨牙行使功能；磨牙：功能是捣碎、磨细食物。我不禁开始怀疑起进化带来的礼物，这可是它们用了从牙齿诞生到现在为止的时间，多少血脉的传承，才带来的一副如此强大牙齿啊。在这么长的时间里，多少森林毁灭，陨石撞击地球，多少次海陆迁移，火山喷发，更不要提什么樯橹间，灰飞烟灭……

我很惊讶：历史和时间，有时候竟敌不过一块小小的肉筋。

也就是在那一刻，我冷静下来，进行了我从未有过的另一种思考。我反复端详来自内心的力量和火焰，发现它原来是一种来自原始心灵的胜负欲。然后，再次动用味蕾，细细品味嘴中这块嚼不烂的食物——我也发现，它的味道早已被吸尽，在反向消耗我的一切。我突然觉得，如果继续斗争到胜利，输的人也会是我自己了。于是，我跑到厨房一股脑把这些嚼不烂的东西吐进垃圾桶，和它进行最后的道别。

人间的悲欢冷暖，难道不比那些嚼不烂的东西值得吗？我想答案对我来说，是显而易见的。

飘

其实刚放假我就在看《飘》，奈何中间被各种琐碎的事物夺去时间，又插了本《牡丹亭》看，拖拖拉拉地只看了个头，这两天才读到往后的地方……我读战争极少，历史方面的东西也是得过且过，不求甚解。但《飘》让我想起了很多事情。我想起那座樱桃园，想起那场红楼梦，甚至读着联想起这场久久不消停的疫情；我想到我母亲，想起我的爷爷，想到那些相差又相似的生死离别。

但每当我抬起头，从那个战火纷飞的灰色世界中突然走出，看到眼前亮着的暖黄色灯光，留意到房门外闹轰轰的电视机和微波炉加热发出的嗡嗡震颤，我都觉得眼前这一切的美好就像一颗圆滑的鹅蛋——但它易碎得好像连蛋壳都没有，只有一层透明而极其脆弱的卵膜，一阵风突然吹来就能把它包裹的温暖摔个稀巴烂。原来这柔软的肉体、眼前这可以在流汗时坚硬无比的肌肉、可以在害怕时突然战栗竖起的毛发、平常任由琐碎触碰的一切……他们竟然都是那么虚弱。我的温度、热量、我体内躁动的酶……它们竟可以在一个瞬间被一颗荔枝核大小的、冰凉的金属冷却，随即溃烂、瓦解，长满蛆虫，血肉模糊。

前一阵，我也总在怀疑文学到底想要干什么。现在，或许我逐渐得到了自己这段时间想要得到的答案……如果不是这些惊心动魄的文字，我永远也不会关心世界角落燃烧的战火。在我美好的世界里，我只想听到与自己共鸣的回声却不予同情弱者的苦难。但是文学让我看到了历史里暗淡的灰色时代，看到战争里不堪一击的生命，看到生活中我永远不会多看两眼的人皮下潜藏的灵魂。如果没有文学，这个世界将会是冰天雪地。如果没有文学，所有人都只顾着自己——这个世界将会是火葬场，每个人都自私自利，焚烧别人也焚烧自己。是小说赋予了我看到"别人的世界"的眼睛。

我用他们的眼睛，为别人笑，为别人哭。我拥有了世界上宝贵的

财富，也是文学赐予我的礼物，那就是同理心。

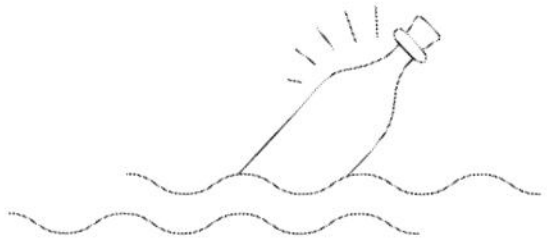

写在最后：

伴随大大小小的节点，我们在规律中寻找刺激，在刺激中寻求稳定。节点随时都可能来临：一句话，一个叹息，一团空气。缓慢的生活也如士兵的作息。我在忙碌中取得快乐，在忙碌中麻痹悲伤。我扔掉一包包精神鸦片，也扔掉一袋袋期许。我轻装上阵，寻找新的驿站。